D0517248

Para Victor y Susan Bers,
por los buenos ratos que hemos pasados juntos

PABLO DIABLO
Y EL RATÓN PÉREZ

YOLO COUNTY LIBRARY
226 BUCKEYE STREET
WOODLAND CA 95695

Francesca Simon

Ilustraciones de Tony Ross

Traducción de Miguel Azaola

Primera edición: marzo 2001
Decimoprimera edición: junio 2008

Dirección editorial: Elsa Aguiar
Traducción del inglés: Miguel Azaola
Publicado por primera vez en Gran Bretaña en 1996
por Orion Children's Books

Título original: *Horrid Henry's Tricks The Tooth Fairy*
© del texto: Francesca Simon, 1996
© de las ilustraciones: Tony Ross, 1996
© Ediciones SM, 2001
  Impresores, 2
  Urbanización Prado del Espino
  28660 Boadilla del Monte (Madrid)
  www.grupo-sm.com

ATENCIÓN AL CLIENTE
Tel.: 902 12 13 23
Fax: 902 24 12 22
e-mail: clientes@grupo-sm.com

ISBN: 978-84-348-9013-8
Depósito legal: M-26.393-2008
Impreso en España / *Printed in Spain*
Gohegraf Industrias Gráficas, SL - 28977 Casarrubuelos (Madrid)

Cualquier forma de reproducción, distribución, comunicación pública o transformación de esta obra solo puede ser realizada con la autorización de sus titulares, salvo excepción prevista por la ley. Diríjase a CEDRO (Centro Español de Derechos Reprográficos, www.cedro.org) si necesita fotocopiar o escanear algún fragmento de esta obra.

ÍNDICE

1

PABLO DIABLO Y EL RATÓN PÉREZ

—¡Eso no vale! –chilló Pablo Diablo. Y se puso a pisotear el nuevo parterre de flores de su padre y a despachurrar las violetas–. ¡No hay derecho!

A Marga Caralarga ya se le habían caído dos dientes. A Susana Tarambana, tres. Clarisa Monalisa había perdido dos en un solo día. A Renato Mentecato le faltaban ya cuatro, dos de arriba y dos de abajo, y podía escupir desde su pupitre hasta la pizarra. A Peporro Ceporro los dientes se le caían a chorros. Hasta a Guillermo el Muermo le faltaba uno desde hacía siglos.

En el colegio había cada día alguien que presumía de un oscuro agujero en su dentadura y exhibía con orgullo su moneda de un euro que le había traído el Ratón Pérez. Así todos. Menos Pablo, claro.

—¡No hay derecho! –seguía gritando Pablo. Y tiraba con fuerza de sus dientes. Los apretaba, los aplastaba, los pinzaba y los estrujaba.

Pero ni se inmutaban.

Tenía los dientes absolutamente pegados a las encías.

—¿Por qué yo? –gemía Pablo mientras pisoteaba las petunias–. ¿Por qué soy yo el único al que todavía no se le ha caído ningún diente?

Pablo Diablo se sentó con el ceño fruncido en su guarida del árbol. Estaba ya hasta la coronilla de que otros niños presumieran de cómo se movían sus cochinos dientes y de los asquerosos agujeros que tenían en sus encías. El primero que volviera a mencionar en su presencia la palabra 'diente' se iba a enterar.

—¡PABLO! –chirrió una vocecilla–. ¿Dónde estás?

Pablo Diablo se escondió entre las ramas.

—Pablo, sé que estás en la guarida –dijo Roberto, el niño perfecto.

—¡Lárgate! –dijo Pablo.

—Mira aquí, Pablo –dijo Roberto–. Quiero enseñarte una cosa maravillosa.

—¿Qué cosa? –gruñó Pablo.

—Tienes que verla tú mismo –dijo Roberto.

Roberto nunca tenía nada maravilloso que enseñar. Su idea de una cosa maravillosa era un sello nuevo, o un libro sobre plantas, o un informe de su profesor diciendo el perfecto niño modelo que había sido. Sin embargo...

Pablo se arrastró fuera del fuerte.

—Más vale que sea algo bueno –le advirtió–, porque si no, te vas a enterar.

Roberto levantó un puño y lo abrió.

En su mano había algo pequeño y blanco. Parecía... no, no podía ser cierto.

Pablo se quedó pasmado mirando a Roberto. Roberto le dedicó la mejor sonrisa de que fue capaz. Aquello no era posible. Pablo no daba crédito a sus ojos. En el lugar que antes ocupaba un diente en la boca de Roberto, su hermano pequeño, había ahora un agujero negro.

Pablo agarró por los hombros a Roberto.

—¡Te has pintado el diente con una cera negra, tramposo!

—¡Que no! –aulló Roberto–. Se me ha caído. Mira.

Y Roberto metió con orgullo un dedo por el hueco.

Era verdad. A Roberto, el niño perfecto, se le había caído un diente. Pablo sintió como si le acabaran de dar un puñetazo en el estómago.

—Ya te lo había dicho –comentó Roberto. Y volvió a sonreír a Pablo.

Pablo no pudo soportar la visión de la dentadura mellada de Roberto un solo segundo más. Aquello era lo peor que le había ocurrido nunca.

—¡Te odio! –aulló Pablo. Se había transformado en un volcán dispuesto a

vomitar lava fundida sobre aquel insensato hombrecillo que se había cruzado en su camino.

—¡UUUAAAAAAAAA! –aulló Roberto, dejando caer el diente.

Pablo se apoderó de él.

—¡AAAYYYYY! –chilló Roberto–. ¡Devuélveme mi diente!

—¡Deja de incordiar, Pablo! –gritó su madre.

Pablo provocó a Roberto moviendo ante él la mano en que sujetaba el diente.

—Tengo tengo tengo, tú no tienes nada... –canturreó.

Roberto rompió a llorar.

—¡Devuélveme mi diente! –gritó.

Su madre salió corriendo al jardín.

—Devuélvele su diente a Roberto. Ahora mismo –dijo.

—No –contestó Pablo.

Su madre parecía realmente enfadada. Extendió la mano.

—Dámelo inmediatamente –insistió.

Pablo Diablo dejó caer el diente al suelo.

—Ahí lo tienes —dijo.

—Se acabó, Pablo —dijo su madre—. Esta noche no hay postre.

Pablo estaba demasiado harto como para que le importara.

Roberto se apresuró a recoger su diente.

—Mira, mamá —dijo.

—¡Qué mayor es mi chico! —dijo su madre abrazándolo—. ¡Y qué valiente!

—Con el dinero que me traiga el Ratón Pércz, pienso comprarme sellos para mi colección —anunció Roberto.

—Qué excelente idea —aprobó su madre.

Pablo sacó la lengua.

—Pablo me está sacando la lengua —dijo Roberto.

—Basta ya, Pablo —advirtió su madre—. Roberto, ya puedes guardar bien ese diente para el Ratón Pérez.

—Sí, mamá —dijo Roberto, y apretó el diente con fuerza dentro del puño.

Pablo volvió a sentarse dentro de su guarida. Si un diente no se caía solo, habría que ayudarle a caerse. Pero ¿cómo? Podía agarrar un martillo y saltarse uno. O podía anudar un cordel al diente, amarrar el cordel a la manilla de una puerta y dar un portazo. ¡Vaya palo! Pablo se llevó la mano a la mandíbula.

Aunque, pensándolo bien, quizá no hiciera falta. A lo mejor había alguna forma menos dolorosa de perder un diente. ¿Qué era lo que siempre repetía el dentista? ¿No era eso de que si comes muchos dulces, se te caerán los dientes?

Pablo Diablo se introdujo furtivamente en la cocina. Miró a su derecha. Miró a su izquierda. No había nadie. Desde el cuarto de estar llegaban los ecos chirriantes de Roberto practicando con su violonchelo.

Pablo se precipitó hacia el armario en el que su madre guardaba el tarro de los caramelos. Los días de caramelos eran los sábados, y hoy era todavía jueves. Tenía dos días enteros antes de que se complicaran las cosas.

A toda velocidad, Pablo se atiborró la boca de todos los caramelos pringosos que pudo.

Ñam Ñam Ñam Ñam.

Ñam Croc Ñam Crac.

Ñam Crac Ñam Croc.

Crac...

Croc...

Ñam...

Ñam...

Croc...

Crac.

Las mandíbulas de Pablo empezaron a trabajar más despacio. Se puso en la boca el último caramelo de café con leche y se esforzó por que sus dientes se movieran hacia arriba y hacia abajo

Empezó a sentirse mal. Sus dientes tenían que sentirse aún peor y tiró de ellos con expectación. Después de tanto azúcar, al menos uno tendría que caerse. Se estaba ya imaginando todos los tebeos que podría comprar con un euro.

Volvió a tirar otra vez de sus dientes. Y otra vez más.

Nada se movió.

"Vaya palo", se dijo Pablo. Le dolía la boca. Le dolían las encías. Le dolía la tripa. ¿A qué extremos tenía que llegar una persona para que se le cayera un diente?

De pronto se le ocurrió una idea maravillosa y espectacular. Era tan espléndida que se felicitó a sí mismo por ella. ¿Por qué tenía que ser Roberto quien se llevara el euro del Ratón Pérez? Sería para él, no para Roberto. ¿Cómo? Muy sencillo. Le haría trampa al Ratón Pérez.

La casa estaba en silencio. Pablo entró de puntillas en el cuarto de su hermano. Allí estaba Roberto, profundamente dormido y con una gran sonrisa en la boca. Pablo deslizó una mano bajo la almohada de Roberto y se apoderó del diente.

"¡Yuuupiii!", pensó Pablo. Salió de puntillas del cuarto de Roberto y se dio de bruces con su madre.

—¡UUUUUAAAAAA! –aulló Pablo.

—¡UUUUUAAAAAA! –aulló su madre.

—Me has asustado –dijo Pablo.

—¿Qué estás haciendo? –preguntó su madre.

—Nada –respondió Pablo–. Pensé que había oído un ruido en el cuarto de Roberto y he ido a ver.

La madre de Pablo miró a Pablo. Pablo trató de poner cara de inocente.

—Vuelve a la cama, Pablo –dijo su madre.

Pablo se retiró precipitadamente a su cuarto y puso el diente debajo de su almohada. Uff. Por poco le pillan. Pablo sonrió. Cómo se iba a poner de furioso el llorica de Roberto al día siguiente, cuando se encontrara con que no había ni diente ni dinero.

Pablo se despertó y palpó bajo la almohada. El diente había desaparecido. "¡Hurra!", se dijo Pablo. "Ahora, a por el dinero".

Buscó y rebuscó debajo de la almohada...

Buscó y rebuscó encima de la almohada. Buscó debajo de la colcha, debajo del osito, debajo de la cama, debajo de todas partes. Ni rastro del dinero.

Pablo oyó retumbar los pasos de Roberto en el vestíbulo

—Mamá, papá, mirad –dijo Roberto–. ¡Un euro del Ratón Pérez!

—¡Qué estupendo! –dijo su madre.

—¡Qué colosal! –dijo su padre.

"¿¿Cómo??", se dijo Pablo.

—¿Queréis que lo comparta con vosotros, mamá? –preguntó Roberto.

—Muchas gracias, Roberto, querido, pero no es necesario –dijo su madre–. Es tuyo.

—Yo sí quiero –dijo Pablo–. Hay montones de tebeos que me apetece comprar, y también...

—No –dijo Roberto–. Es mío. Tú, con tu diente.

Pablo fulminó a su hermano con la mirada. Roberto nunca se había atrevido a hablarle así antes.

Pablo Diablo decidió transformarse en el capitán pirata que pasaba a su prisionero por la quilla.

—¡AAAYYYY! –chilló Roberto.

—Pablo, deja de fastidiar a tu hermano –dijo su padre.

Pablo se apresuró a cambiar de tema.

—Mamá –dijo–, ¿cómo sabe el Ratón Pérez a quién se le ha caído un diente?

—Mirando debajo de la almohada –respondió su madre.

—¿Pero cómo sabe debajo de qué almohada tiene que mirar?

—Porque lo sabe –insistió su madre–. Por pura magia.

—¿Pero cómo? –insistió Pablo.

—Porque ve el hueco que queda en la boca –insistió su madre.

Ajá, se dijo Pablo. Ahí había estado su equivocación.

Aquella noche, Pablo recortó un trocito pequeño de papel negro, lo humedeció y se tapó con él dos dientes de los de abajo. Sonrió ante el espejo. "Perfecto", pensó. Y volvió a sonreír.

Luego colocó un par de dientes de Drácula debajo de la almohada. Anudó un cabo de cordel al diente más grande y ató el otro cabo a uno de su dedos. Cuando viniera el Ratón Pérez, el cordel tiraría del dedo y se despertaría.

"Muy bien, Ratón Pérez", se dijo Pablo. "Te crees muy listo. Pues a ver quién se la pega a quién esta vez".

Al día siguiente era sábado. Pablo se despertó y palpó debajo de su almohada. El cordel seguía anudado a su dedo, pero los dientes de Drácula habían desaparecido. En su lugar había algo pequeño y redondo...

—¡Mi moneda de un euro! –graznó Pablo agarrándola con fuerza.

La moneda era de plástico.

"Tiene que ser un error", pensó Pablo. Miró de nuevo debajo de la almohada, pero todo lo que encontró fue un trozo de papel azul celeste doblado y cubierto de estrellitas.

Pablo lo desplegó y lo leyó. Las pequeñas letras doradas decían:

Ánimo, Pablo.
Al menos, lo has intentado.
El Ratón Pérez

—Vaya palo –dijo Pablo.

Desde abajo le llegó la llamada de su madre.

—¡Pablo! ¡Baja inmediatamente!

—¿Qué pasará ahora? –rezongó Pablo sacando trabajosamente de la cama sus pesados huesos.

Su madre le enseñó un tarro vacío.

A Pablo se le había olvidado totalmente lo de los caramelos.

—No he sido yo –dijo de forma automática–. Debe de haber ratones.

—Un mes sin caramelos –dijo su madre–. Comerás manzanas en su lugar. Puedes empezar ahora mismo.

Puaj. Manzanas. Pablo detestaba cualquier fruta, pero las manzanas eran lo peor de todo.

—Oh, no –dijo Pablo.

—Oh, sí –dijo su madre.

Pablo agarró una manzana y mordió el trozo más minúsculo que pudo.

CHASC. CRAC.

Pablo se atragantó. Luego tragó, dio una boqueada y carraspeó. Sentía la boca rara. La tanteó haciendo presión con la lengua y encontró un agujero.

Se metió los dedos en la boca y corrió al espejo.

Uno de sus dientes había desaparecido.

Se lo había tragado.

—¡No hay derecho! –chilló Pablo Diablo.

2

PABLO DIABLO Y LA BODA

—¡No pienso ponerme esta ropa espantosa, se acabó!

Pablo Diablo miró al espejo con ferocidad. Un extraño ser embutido en una camisa lila de pechera rizada, unos pantalones bombachos de raso verde, medias, faja rosa anudada en un gran lazo colgante y zapatos puntiagudos también de raso con hebillas doradas le devolvió una mirada igualmente feroz.

Pablo Diablo no había visto en su vida nada más ridículo.

—¡Ja, ja, ja, ja, ja! –se carcajeó, señalando al espejo.

Luego lo miró con más atención. Aquel chico de aspecto tan ridículo era él mismo.

Junto a Pablo Diablo estaba Roberto, el niño perfecto. Él también estaba embutido en una camisa lila de pechera rizada, unos pantalones bombachos de raso verde, medias, faja rosa y zapatos puntiagudos de raso blanco con hebillas doradas. Pero, a diferencia de Pablo, Roberto sonreía.

—¿Verdad que están adorables? –graznó Maripi Repipi–. Así es como quiero que se vistan siempre mis niños.

Maripi Repipi era la insoportable prima mayor de Pablo. Se pasaba la vida graznando y chirriando.

—Huyyy, una mota de polvo.

—Huyyy, un charco.

—Huyyy, tengo el pelo fatal.

Pero cuando Maripi, la prima repipi, anunció que se casaba con Mariano Caragrano y pidió que sus pajes fueran

Pablo y Roberto, su madre dijo que sí antes de que Pablo pudiera impedírselo.

—¿Qué es un paje? –preguntó Pablo con recelo.

—Un paje es el que va por el pasillo con los anillos de boda encima de un cojín de raso –dijo su madre.

—Y luego tira confeti –añadió su padre.

A Pablo le gustó la idea de tirar confeti. Pero lo de llevar anillos encima de un cojín, no, gracias.

—No quiero ser paje –anunció Pablo.

—Yo sí, yo sí –dijo Roberto.

—Vas a ser paje, y sanseacabó –concluyó su madre.

—Y te vas a portar como es debido –dijo su padre–. La prima Maripi ha sido muy amable al querer que fuerais vosotros.

Pablo frunció el ceño.

—No entiendo que haya alguien que quiera casarse con ella –dijo–. Yo no lo haría aunque me pagaseis un millón de euros.

Pero, por la razón que fuera, Mariano Caragrano quería casarse con Maripi Repipi. Y, que Pablo supiera, nadie le había pagado un millón de euros.

Mariano Caragrano estaba también probándose su indumentaria de boda. Tenía un aspecto ridículo con su sombrero de copa negro, su camisa lila y su chaqueta negra con bordados dorados.

—No pienso ponerme esta ropa absurda –dijo Pablo.

—Cállate de una vez, mocoso –se irritó Mariano Caragrano.

Pablo Diablo le fulminó con la mirada.

—No me la pondré –dijo–. Y no hay más que hablar.

—Pablo, deja ya de fastidiar –dijo su madre. También ella tenía un aspecto lamentable, con un sombrero enorme y blando desbordante de flores.

De pronto, Pablo Diablo agarró con fuerza los rizos de encaje que rodeaban su cuello.

—Me he atragantado –jadeó–. No puedo respirar.

A continuación se derrumbó y se revolcó por el suelo.

—Uuuugggghhhh –gimió–. Me muero.

—¡Levántate ahora mismo, Pablo! –dijo su padre.

—¡Huyyy, qué sucio está el suelo! –chirrió Maripi.

—¿No pueden ustedes controlar a ese

31

niño? –siseó iracundo Mariano
Caragrano.

—¡NO QUIERO SER PAJE! –aulló
Pablo Diablo.

—¡Muchísimas gracias por querer que
sea tu paje, Maripi! –gritó Roberto, el
niño perfecto, intentando hacerse oír por
encima de los aullidos de Pablo.

—¡De nada! –graznó Maripi.

—¡Cállate ahora mismo, Pablo!
–ordenó su madre–. En mi vida me he
sentido tan avergonzada.

—Odio a los niños –murmuró
Mariano Caragrano.

Pablo Diablo se calló.
Desgraciadamente, su ropa de paje seguía
tan impecable y tersa como antes.

"Muy bien", se dijo Pablo. "¡Conque
queréis que vaya a esa boda! Pues os vais
a enterar".

Había llegado el día de la boda de Maripi,
la prima repipi. A Pablo le encantó

comprobar que llovía a raudales. "Maripi debe de estar furiosa", pensó.

Roberto, el niño perfecto, estaba ya vestido.

—Va a ser estupendo, ¿no crees, Pablo?

—¡No! –dijo Pablo, sentado en el suelo–. Y no pienso ir.

Su madre y su padre embutieron a Pablo en su ropa de paje. Fue una tarea laboriosa y difícil.

Por fin estaban todos en el coche.

—¡Vamos a llegar tarde! –chilló la madre de Pablo y Roberto.

—¡Vamos a llegar tarde! –chilló su padre.

—¡Vamos a llegar tarde! –chilló Roberto.

—¡Qué bien! –masculló Pablo.

Pablo, Roberto, su padre y su madre llegaron a la iglesia. ¡Brruuuumm! Retumbó un trueno y la lluvia cayó con más fuerza. Todos los demás invitados estaban ya dentro.

—¡Cuidado con el charco, chicos! –advirtió la madre de Pablo y Roberto mientras se precipitaba fuera del coche y abría su paraguas.

El padre saltó sobre el charco.

Roberto saltó sobre el charco.

Pablo saltó sobre el charco y tropezó.

¡PLACH!

—Lástima –dijo Pablo.

La pechera rizada se le había rasgado, los pantalones se habían salpicado de barro y los zapatos de raso estaban empapados.

Su madre, su padre y Roberto estaban cubiertos de agua fangosa.

Roberto, el niño perfecto, se echó a llorar.

—Me has destrozado mi ropa de paje –sollozó.

Su madre limpió toda la porquería que pudo de la ropa de Pablo y de Roberto.

—Ha sido un accidente, mamá, de verdad –dijo Pablo.

—¡Daos prisa, que llegáis tarde! –gritó Mariano Caragrano.

Los padres de Pablo se metieron a toda prisa en la iglesia. Pablo y Roberto se quedaron fuera esperando a que les tocara hacer su entrada.

Mariano Caragrano y su padrino de boda, Venancio el Rancio, se quedaron mirando severamente a Pablo y a Roberto.

—Estáis hechos un asco –dijo Mariano.

—Ha sido un accidente –dijo Pablo.

Roberto lloriqueaba.

—Ya podéis tener cuidado con los

anillos de boda –dijo Venancio el Rancio, y les dio a Pablo y a Roberto un cojín de raso con un anillo de oro encima a cada uno.

Una masa temblorosa de encajes, tules, lazos y flores se acercó a ellos. Pablo sospechó que, desde algún hueco de su interior, Maripi, la prima repipi, los observaba.

—Huyyy –chirrió la masa temblorosa–, mira que llover el día de mi boda.

—Huyyy –volvió a chirriar la masa–, estáis sucísimos.

Roberto, el niño perfecto, empezó a sollozar. El cojín de raso se puso a temblar en sus manos y el anillo se balanceó peligrosamente cerca del borde.

Venancio el Rancio le arrebató el cojín a Roberto.

—No puedes llevar el anillo si te tiemblan las manos de esa forma –dijo Venancio irritado–. Será mejor que lleves tú los dos, Pablo.

—Vamos –dijo entre dientes Mariano Caragrano–. ¡Se hace tarde!

Venancio el Rancio y Mariano Caragrano entraron corriendo en la iglesia.

Sonó la música. Pablo avanzó contoneándose por el pasillo tras Maripi Repipi. Todos se levantaron.

Pablo sonreía amablemente, hacía inclinaciones y saludaba con la mano. Se había convertido en el Rey Pablo el Vengador, que sonreía graciosamente a sus enfervorizados súbditos antes de mandar que les cortaran la cabeza.

En pleno contoneo, puso un pie sobre la larga cola del vestido de novia de Maripi.

¡Rrrraassss!

—¡Huuuyyyyy! –chirrió Maripi Repipi.

Parte de la cola del vestido de Maripi había quedado bajo el embarrado zapato de raso de Pablo.

"De todas formas, el vestido era

demasiado largo", pensó Pablo. Apartó la tela sobrante a un lado de un puntapié y siguió por el pasillo a grandes zancadas.

La novia, el novio, los padrinos y los pajes se agruparon delante del celebrante.

A pie firme, Pablo sintió que el tiempo pasaba... pasaba... pasaba. Y el celebrante se enrollaba... se enrollaba... se enrollaba. El brazo de Pablo que sostenía el cojín le empezó a doler.

"Qué aburrido es esto", pensó Pablo, y se puso a darle sacudidas al cojín para que saltaran un poco los anillos.

¡Toing! ¡Toing! ¡Toing!

"¡Oleee!", se dijo Pablo, "¡qué bien se me da lanzar anillos al aire!".

Los anillos rebotaban en el cojín.

El celebrante seguía enrollándose.

Pablo había decidido transformarse en un famoso cocinero especialista en tortitas, y las tiraba al aire cada vez más alto, más alto, más alto...

Clinc. Clonc.

Los anillos rodaron por el pasillo y desaparecieron por una rejilla del suelo.

"Vaya, hombre", se dijo Pablo.

—¿Pueden darme los anillos, por favor? –pidió el celebrante.

Todos miraron a Pablo.

—Los tiene él –dijo desesperado Pablo, señalando a Roberto.

—Yo no los tengo –sollozó Roberto.

Pablo buscó en su bolsillo. Encontró dos trozos de chicle usados, unas piedrecitas y su anillo pirata de la suerte.

—¿Por qué no usáis este? –sugirió.

Cuando por fin Mariano Caragrano y Maripi Repipi terminaron de casarse, Venancio el Rancio les dio a Pablo y a Roberto una cesta llena de pétalos de rosa amarillos y rosados a cada uno.

—Lanzad al aire los pétalos delante de los novios a medida que avancen por el pasillo hacia la salida –susurró Venancio.

—Muy bien –dijo Roberto, y esparció sus pétalos delante de Mariano Caragrano y Maripi la Repipi.

—Vale –dijo Pablo, y lanzó un puñado de pétalos a la cara de Mariano Caragrano.

—Mira lo que haces, mocoso –farfulló Mariano.

—Hace viento, ¿verdad? –dijo Pablo, y le lanzó otro puñado de pétalos a Maripi.

—Huyyy –chirrió Maripi Repipi.

—Todo el mundo a la calle para las fotos –dijo el fotógrafo.

A Pablo Diablo le encantaba que le sacaran fotos. Salió a toda prisa.

—Primero, las fotos de los novios –sugirió el fotógrafo.

Pablo saltó y se puso delante.

Clic.

Pablo se asomó por un lado.
Clic.
Pablo sacó la lengua.
Clic.
Pablo se puso a hacer muecas horribles.
Clic.

—¡A la fiesta, por aquí! –dijo
Venancio el Rancio.

La fiesta de la boda se celebraba en un hotel cercano.

Los mayores no hacían más que hablar y comer, hablar y beber, hablar y comer.

Roberto, el niño perfecto, se sentó a su mesa y comió lo que le dieron.

Pablo Diablo se metió bajo una mesa y empezó a tropezar con las piernas de la gente. Se arrastró de un lado a otro y aplastó los dedos de varios pies. Luego se aburrió y se fue a la sala de al lado.

Allí estaba la tarta nupcial, sola, encima de una mesita. Era la tarta más bonita y de aspecto más delicioso que Pablo había visto en su vida. Tenía tres pisos y estaba cubierta de un glaseado blanco y brillante, con unas flores y campanillas escarchadas de rechupete.

A Pablo se le hizo la boca agua.

"Probaré solo un poquitín de pétalo", pensó Pablo. "A nadie le importará".

Partió un trocito y se lo llevó a la boca.

¡Mmmmm, qué bueno! Aquella tarta era exquisita.

"Quizá un mordisquito más", se dijo Pablo. "Si es de la parte de atrás, nadie se dará cuenta".

Pablo seleccionó cuidadosamente una rosa escarchada del piso inferior y se la metió entera en la boca. ¡Mmmm!

Pablo se apartó de la tarta. Ahora, sin la rosa de abajo, resultaba un poco desigual.

"Voy a igualarla un poco", pensó Pablo. En un abrir y cerrar de ojos, desaparecieron una rosa del piso intermedio y otra del piso superior.

Y entonces ocurrió algo extraordinario.

—Cómeme –susurró la tarta–. Adelante.

¿Cómo iba a rechazar Pablo una petición semejante?

Arrancó unos trocitos más de la parte de atrás.

"Deliciosa", se dijo Pablo. Y arrancó unos cuantos trocitos más. Y otros cuantos más. Por fin partió un estupendo pedazo de tarta.

—¿Se puede saber lo que estás haciendo? –gritó Mariano Caragrano.

Pablo echó a correr alrededor de la mesa en que estaba la tarta. Mariano echó a correr tras él.

Los dos corrieron y corrieron sin parar en torno a la tarta.

—¡Espera a que te ponga las manos encima! –farfullaba Mariano Caragrano.

Pablo se metió de pronto debajo de la mesa.

Mariano Caragrano se lanzó a por él, pero falló.

CHAFF.

Mariano Caragrano se estrelló de cabeza contra la tarta.

Pablo se escapó.

Maripi Repipi entró corriendo en la habitación.

—¡Aaaaaaah! –chirrió.

—¿Verdad que ha sido una boda preciosa? –suspiró la madre de Pablo y Roberto camino de casa–. Aunque es un poco raro que no haya habido tarta, ¿no creéis?

—Desde luego –dijo el padre.

—Desde luego –dijo Roberto.

—¡DESDE LUEGO! –dijo Pablo–. Pero yo estoy dispuesto a ser paje otra vez en cuanto queráis.

3

MARGA CARALARGA SE INSTALA

La madre de Pablo estaba hablando por teléfono:

—Claro que nos gustará que Marga se quede con nosotros –decía–. No hay ningún problema.

Pablo dejó de romperles la cola a los caballitos de plástico de Roberto.

—¿QUÉ? –aulló.

—Shsss, Pablo –dijo su madre–. No, no –añadió–, Pablo también está encantado. Hasta el viernes. Adiós.

—¿Qué es lo que está pasando? –inquirió Pablo.

—Marga va a quedarse con nosotros mientras sus padres se marchan de vacaciones –anunció su madre.

Pablo se quedó mudo de horror.

—¿Que va... a vivir... aquí?

—Sí –dijo su madre.

—¿Durante cuánto tiempo? –preguntó Pablo.

—Dos semanas –dijo su madre sonriendo.

Pablo Diablo era incapaz de soportar a Marga Caralarga más de dos minutos seguidos.

—¿Dos semanas? –dijo–. ¡Yo me largo! No dejaré que entre. Le arrancaré el pelo. Le...

—No seas tan insoportable, Pablo –dijo su madre–. Marga es una niña encantadora, y estoy segura de que lo pasaremos bien.

—De eso nada –dijo Pablo–. Con esa cascarrabias cara de vinagre, ni hablar.

—Yo lo pasaré bien –dijo Roberto, el

niño perfecto–. Me encanta tener invitados.

—Pues en mi cuarto no va a dormir –advirtió Pablo–. Que duerma en el sótano.

—No –dijo su madre–. Tú te trasladarás al cuarto de Roberto y le dejarás tu cama a Marga.

Pablo Diablo abrió la boca para gritar, pero solo fue capaz de emitir un sonido ahogado. Estaba tan horrorizado que no podía casi respirar.

—¿Dejarle... mi... cama? –preguntó al fin, atragantándose–. ¿A... Marga?

Marga descubriría sus tesoros, dormiría en su cama y jugaría con sus juguetes, mientras él tendría que compartir una habitación con Roberto...

—¡No! –aulló Pablo. Y se tiró al suelo y chilló otra vez–: ¡¡NO!!

—A mí no me importa dejar mi cama a un invitado –dijo Roberto, el niño perfecto–. Es lo cortés. Los invitados son lo primero.

Pablo dejó de aullar un momento para darle una patada a Roberto.

—¡Ayyyyy! –chilló Roberto. Y rompió a llorar–: ¡Mamá!

—¡Pablo! –chilló su madre–. ¡Eres un niño espantoso! Pídele perdón a Roberto.

—¡No vendrá! –gritó Pablo–. ¡Y ya está!

—¡Vete a tu cuarto! –gritó su madre.

Marga Caralarga llegó a casa de Pablo con su madre, su padre, cuatro maletas, siete cajas de juguetes, dos almohadas y una corneta.

—Nuestra Margarita no dará ningún trabajo –anunció su madre–. Es siempre muy educada, come de todo y nunca se queja. ¿Verdad, tesoro?

—Sí –dijo Marga.

—Nuestra Margarita no es nada quisquillosa –dijo su padre–. Es más buena que el pan. ¿Verdad, tesoro?

—Sí –dijo Marga.

—Que paséis unas buenas vacaciones –dijo la madre de Pablo.

—Eso esperamos –dijeron la mamá y el papá de Marga.

Y la puerta se cerró tras ellos.

Marga Caralarga se dirigió con decisión al cuarto de estar y pasó un dedo por la repisa de la chimenea.

—No parece muy limpia –indicó–. En mi casa nunca hay tanto polvo.

—Ah –dijo el padre de Pablo.

—Un poco de polvo no hace daño a nadie –dijo la madre de Pablo.

—Es que soy alérgica –dijo Marga–. Una pizca de polvo y empiezo a... est... est... ¡ACHÍÍÍÍS! –estornudó.

—Haremos una limpieza ahora mismo –aseguró la madre de Pablo.

El padre pasó la fregona.

La madre barrió.

Roberto quitó el polvo.

Pablo pasó la aspiradora.

Marga dirigió.

—Pablo, no has quitado esa bola grande de pelusa que hay allí –dijo Marga, señalando con el dedo debajo del sofá.

Pablo Diablo pasó la aspiradora lo más lejos posible de la bola de pelusa.

—¡Ahí no, allí! –insistió Marga.

Pablo apuntó a Marga con la aspiradora. Se había transformado en un dragón lanzallamas dispuesto a chamuscar a su presa como una patata frita.

—¡Socorro! –chilló Marga.

—¡Pablo! –dijo el padre de Pablo.

—No seas molesto –dijo la madre de Pablo.

—Creo que habría que castigar a Pablo –dijo Marga–. Creo que habría que encerrarle en su cuarto con llave durante tres semanas.

—No tengo un cuarto para que me encierren porque duermes tú en él –dijo Pablo mirando a Marga con ferocidad.

Marga le devolvió la mirada.

—Yo soy la invitada, Pablo, así que será mejor que seas cortés –le dijo amenazadora.

—Naturalmente que va a ser cortés –dijo la madre de Pablo–. No te preocupes, Marga. Si tienes cualquier problema, me lo dices.

—Gracias –dijo Marga Caralarga–. Lo haré. Tengo hambre –añadió–. ¿Por qué no está lista la cena?

—Lo estará pronto –anunció el padre de Pablo.

—Es que yo siempre ceno a las seis en punto –dijo Marga–. Quiero cenar YA.

—De acuerdo –dijo el padre de Pablo.

Pablo Diablo y Marga Caralarga corrieron a sentarse en la silla que miraba al jardín. Marga llegó antes y Pablo la desalojó de un empujón. Luego, Marga le empujó a él.

Plaf. Pablo aterrizó en el suelo.

—¡Ay! –se quejó Pablo.

—Deja la silla a la invitada –dijo su padre.

—Es que esa es mi silla –dijo Pablo–. Me siento en ella siempre.

—Toma mi silla, Marga –ofreció Roberto, el niño perfecto–. No me importa.

—Me quiero sentar en esta –insistió Marga Caralarga–. Y como soy la invitada, decido yo.

Pablo Diablo se dirigió remoloneando al otro lado de la mesa y se sentó junto a Roberto.

—¡AYYY! –chilló Marga–. ¡Pablo me ha dado una patada!

—Yo no he sido –dijo Pablo indignado.

—Pablo, estáte quieto –le regañó su madre–. Esa no es forma de tratar a una invitada.

Pablo le sacó la lengua a Marga. Marga le sacó aún más lengua a Pablo y luego le dio un pisotón.

—¡AYYY! –chilló Pablo–. ¡Marga me ha pisado!

Marga Caralarga puso cara de asombro.

—Ay, cuánto lo siento, Pablo. Ha sido sin querer. Soy una torpe. No me he dado cuenta, de verdad.

El padre de Pablo trajo la cena a la mesa.

—¿Qué es eso? –preguntó Marga.

—Judías estofadas, mazorcas de maíz y pollo –dijo el padre de Pablo.

—No me gustan las judías estofadas –protestó Marga–, y el maíz me gusta sin mazorca.

La madre de Pablo desgranó la mazorca de Marga Caralarga.

—¡Eh, el maíz en plato aparte! –chilló Marga–. No me gusta que la verdura se mezcle con la carne.

El padre de Pablo sacó el plato de los piratas, el plato de los patos y el plato del "Feliz cumpleaños, Roberto".

—Quiero el de los piratas –dijo Marga apoderándose de él.

—Yo quiero el de los piratas —dijo Pablo arrebatándoselo a Marga.

—A mí no me importa el plato que me toque —dijo Roberto, el niño perfecto—. Un plato es solo un plato.

—¡No lo es! —gritó Pablo.

—¡Yo soy la invitada! —gritó Marga—. Elijo yo.

—Dale el plato de los piratas, Pablo —le pidió su padre.

—No hay derecho —dijo Pablo mirando con furia su plato decorado con patitos.

—Marga es la invitada —dijo su madre.

—¿Y qué? —dijo Pablo. ¿No era un antiguo griego el que, cuando sus invitados eran demasiado bajos, los estiraba sobre una cama de hierro, y si eran demasiado altos, les cortaba la cabeza y los pies? Seguro que aquel tipo hubiera sabido cómo entendérselas con invitados tan insoportables como Marga Caralarga.

—¡Puaj! –dijo Marga, escupiendo todo el pollo que tenía en la boca–. ¡Tiene sal!

—Solo un poco –informó el padre de Pablo.

—Nunca tomo sal –dijo Marga

Caralarga–. No me sienta bien. Y en mi casa siempre me dan guisantes.

—Mañana los compraremos –aseguró la madre de Pablo.

Roberto dormía en la litera superior. Pablo Diablo escuchaba sentado junto a la puerta. Había llenado la cama de Marga de migas de pan y estaba impaciente por oírla gritar.

Pero del cuarto de Pablo, ocupado por Marga la invasora, no salía sonido alguno. Pablo no podía entenderlo.

Se encaramó tristemente a la litera inferior (¡horror!) y soltó un aullido. Su cama estaba llena de mermelada, de migas y de unas cosas blandas, húmedas y asquerosas.

—¡A dormir, Pablo! –le gritó su padre.

¡Demonio de Marga! Le pondría una bomba en su habitación, le haría tiras la ropa de sus muñecas, le pintaría la cara de morado... En el rostro de Pablo se dibujó una sonrisa amenazadora. Iba a ajustarle las cuentas a Marga Caralarga. Se iba a enterar.

Su madre y su padre estaban en el cuarto de estar viendo la tele.

Marga Caralarga apareció en la escalera.

—No puedo dormir con este ruido –protestó.

La madre y el padre de Pablo se miraron...

—El volumen está muy bajo, querida –dijo la madre.

—Es que no puedo dormir mientras haya algo de ruido en la casa –aseguró Marga–. Tengo un oído muy sensible.

La madre de Pablo apagó la tele y se puso a hacer punto.

Clic, clic, clic.

Marga volvió a aparecer.

—No puedo dormir con ese repiqueteo –dijo.

—De acuerdo –dijo la madre de Pablo, y se le escapó un pequeño suspiro.

—Y en mi cuarto hace frío –dijo Marga Caralarga.

La madre de Pablo puso la calefacción.

Marga apareció de nuevo.

—Ahora hace demasiado calor –aseguró.

El padre de Pablo quitó la calefacción.

—Mi cuarto huele raro –dijo Marga.

—Mi cama es demasiado dura –dijo Marga.

—Mi cuarto está mal ventilado –dijo Marga.

—En mi cuarto entra demasiada luz –dijo Marga.

—Buenas noches, Marga –dijo la madre de Pablo.

—¿Cuántos días más va a quedarse? –preguntó el padre de Pablo.

—Sólo trece –dijo la madre.

El padre se cubrió la cara con las manos.

—No sé si podré sobrevivir tanto tiempo.

TU-TUTUUUU. La madre de Pablo saltó de la cama.

TU-TUTUUUU. El padre de Pablo saltó de la cama.

TU-TUTUUUU. TU-TUTUUUU. TU-TUTUUUU-TUUU-TUUU. Pablo y Roberto saltaron de la cama.

Marga Caralarga estaba desfilando por el vestíbulo tocando su corneta.

TU-TUTUUUU. TU-TUTUUUU.
TU-TUTUUUU-TUUU-TUUU-
TUUU.

—Marga, ¿te importaría tocar la corneta
un poco más tarde? –pidió el padre de
Pablo tapándose los oídos–. Son las seis en
punto de la mañana.

—Esa es mi hora de despertar –dijo
Marga.

—¿No podrías tocar un poco más
bajito? –apuntó la madre de Pablo.

—Es que tengo que practicar –dijo
Marga Caralarga.

La corneta volvió a atronar toda la casa.

TUUUU. TUUUU. TUUUU.

Pablo Diablo conectó su radiocasete
portátil.

BUUMM. BUUMM. BUUMM.

Marga sopló con más fuerza su
corneta.

¡TUUUU! ¡TUUUU! ¡TUUUU!

Pablo subió el volumen de su
radiocasete todo lo que pudo.

¡BUUMM! ¡BUUMM! ¡BUUMM!

—¡Pablo! –chilló su madre.

—¡Baja eso! –bramó su padre.

—¡Silencio! –gritó Marga–. No puedo practicar con tanto ruido –dejó su corneta–. Y tengo hambre. ¿Dónde está mi desayuno?

—Desayunamos a las ocho –informó la madre de Pablo.

—Es que yo quiero desayunar ahora –insistió Marga.

—No –dijo la madre de Pablo con firmeza–. Desayunaremos a las ocho.

Marga abrió la boca y gritó. Nadie era capaz de gritar tanto rato y tan fuerte como Marga Caralarga.

La casa se llenó del eco de sus penetrantes chillidos.

—De acuerdo –dijo la madre de Pablo. Sabía cuándo tenía una batalla perdida–. Desayunaremos ahora mismo.

Diario de Pablo.

Lunes: Be puesto migas en la cama de Marga. Ella ha puesto mermelada, migas y babosas en la mía.

Martes: Marga ha encontrado mis galletas de chocolate y mis patatas fritas secretas, y se las ha comido todas.

Miércoles: No puedo poner cintas por la noche porque le molestan a la caravinagre de Marga.

Jueves: No puedo cantar porque la molesto a esa cararrana.

Viernes: No puedo respirar porque la molesto a la aguafiestas.

Sábado:
¡No puedo soportarlo más!

Esa noche, cuando todos dormían, Pablo Diablo se deslizó hasta el cuarto de estar y agarró el teléfono.

—Quiero enviar un telegrama –susurró.

Pom, pom, pom, pom, pom.

¡Tin-tan! ¡Tin-tan! ¡Tin-tan!

Pablo se sentó en la cama.

Alguien estaba aporreando la puerta de la calle y llamando al timbre.

—¿Quién puede ser a estas horas de la noche? –bostezó su madre.

Su padre miró por la ventana y bajó a abrir la puerta.

—¿Dónde está mi niña? –gritó la madre de Marga.

—¿Dónde está mi niña? –gritó el padre de Marga.

—Arriba –informó la madre de Pablo–. ¿Dónde va a estar?

—¿Qué le ha ocurrido? –chilló la madre de Marga.

—¡Hemos venido lo más rápido que hemos podido! –dijo el padre de Marga.

La madre y el padre de Pablo se miraron. ¿Qué estaba pasando?

—Está perfectamente –los tranquilizó la madre de Pablo.

La madre y el padre de Marga se miraron ¿Qué estaba pasando?

—El telegrama decía que la situación era seria y que volviéramos inmediatamente –dijo la madre de Marga.

—Hemos suspendido nuestras vacaciones –dijo el padre de Marga.

—¿Qué telegrama? –preguntó la madre de Pablo.

—¿Qué es lo que pasa? No puedo dormir con tanto ruido –dijo Marga Caralarga.

Marga, su madre y su padre se fueron a su casa.

—¡Qué lío tan tremendo! –dijo la madre de Pablo.

—Una lástima que hayan tenido que suspender las vacaciones –dijo el padre de Pablo.

—Sin embargo... –dijo la madre.

—Hmmm –dijo el padre.

—¿No crees que quizá Pablo...? –sugirió la madre.

—No. Ni siquiera Pablo sería capaz de algo tan terrible –dijo el padre.

La madre frunció el ceño.

—¡Pablo! –llamó la madre.

Pablo siguió pegando los sellos de Roberto unos con otros.

—¿Qué pasa?

—¿Sabes tú algo de un telegrama?

—¿Yo? –dijo Pablo.

—Sí, tú –dijo su madre.

—No –respondió Pablo–. Es un misterio.

—Eso es mentira, Pablo –intervino Roberto, el niño perfecto.

—No lo es –insistió Pablo.

—Sí lo es –insistió Roberto–. Te he oído hablar por teléfono.

Pablo se abalanzó sobre Roberto. Había decidido transformarse en un toro enloquecido que embestía al torero.

–¡Aaayyyyyy! –chilló Roberto.

Pablo se detuvo. Esta vez sí que se había caído con todo el equipo. Seguro que se quedaría un año sin paga. Y diez años sin caramelos. Y toda la vida sin tele.

Pablo metió la cabeza entre los hombros y se quedó quieto, esperando su castigo.

Su padre se repantigó en un sillón.

—No has debido hacer una cosa así –dijo.

Su madre puso la tele.

—Vete a tu cuarto –dijo.

Pablo subió dando saltos. 'Tu cuarto'. Nunca hubo palabras que le sonaran tan bien.

4

PABLO DIABLO
Y EL PROFE
NUEVO

—Bueno, Pablo –dijo su padre–, hoy es
el primer día del curso. Una buena
oportunidad, volver a empezar con un
profesor nuevo.

—Ya sé, ya sé –respondió Pablo de
mal genio.

Odiaba los primeros días de curso. Un
nuevo año suponía un nuevo profe al que
habría que demostrar quién mandaba en
la clase. La señorita Gunilla Maravilla, su
primera profesora, había salido del aula
de estampía y a grito pelado a las dos

semanas. Su sucesora, doña Juana Badana, había salido del aula de estampía y a grito pelado al primer día.

"Desquiciar profesores no es cosa fácil", pensaba Pablo, pero alguien tenía que hacerlo.

Su padre esgrimió una hoja de papel.

—Pablo, no quiero recibir nunca más otras calificaciones como estas –dijo–. ¿Por qué tus notas no son como las de Roberto?

Pablo se puso a silbar.

—¡Pablo, escúchame, que esto es importante! –gritó su padre–. Mira estas calificaciones.

INFORME ESCOLAR DE PABLO

Dar clase a Pablo este año ha sido espantoso. Es maleducado, vago y revoltoso. El peor alumno que he tenido en mi vida.

Conducta: Fatal
Lengua: Fatal
Matemáticas: Fatal
Ciencias: Fatal
Educ. Física: Fatal

—¿Y mis calificaciones? –preguntó Roberto.

Su padre sonrió satisfecho.

—Tus calificaciones son perfectas, Roberto. Ánimo, y que tus notas sigan siendo inmejorables.

INFORME ESCOLAR DE ROBERTO

Dar clase a Roberto este año ha sido una delicia. Es educado, trabajador y servicial. El mejor alumno que he tenido en mi vida.

Conducta: Fenomenal
Lengua: Fenomenal
Matemáticas: Fenomenal
Ciencias: Fenomenal
Educ. Física: Fenomenal

Roberto sonrió lleno de orgullo.

—Tendrás que intentarlo con más interés, Pablo –dijo con suficiencia.

Pablo Diablo se transformó de pronto en un tiburón dispuesto a hundir sus dientes en un marinero náufrago.

—¡AYYYYY! –chilló Roberto–.
¡Pablo me ha mordido!

—¡Pablo, deja de incordiar! –dijo su
padre–. O te quedas una semana sin tele.

—No me importa –refunfuñó Pablo
entre dientes. Cuando fuera rey,
promulgaría una ley para que no fueran
al colegio los niños, sino los padres.

Pablo Diablo se abrió paso por el aula a
empujones y codazos y se apoderó de un
pupitre, al lado de Renato el Mentecato.

—Rabia, rabia, que tengo un balón de
fútbol nuevo –le chinchó Renato.

Pablo no tenía balón de fútbol. Había
metido el suyo por la ventana de Marga
Caralarga de una patada.

—¿Y a mí qué? –le respondió Pablo.

La puerta del pasillo se cerró de golpe.
Era don Severo Retortero, el profe más
feroz, más atravesado y más malaúva de
todo el colegio.

—¡SILENCIO! –dijo, fulminando con la mirada a toda la clase–. No quiero oír el menor ruido. No quiero oíros ni respirar siquiera.

La clase entera contuvo la respiración.

—¡BIEN! –rugió–. Yo soy don Severo Retortero.

Pablo dio un bufido de desprecio. Vaya nombre tan estúpido.

—Severino –le susurró a Renato.

A Renato el Mentecato le dio la risa floja.

—Severino Pingüino –susurró Pablo muy bajito.

Don Severo se acercó a Pablo y le plantó en la mejilla su dedo índice.

—¡Silencio, indeseable jovencito! –dijo–. Te tengo bien fichado, caballerete. Ya he oído lo de tus antiguas profesoras. Pero yo estoy hecho de una pasta mucho más dura y no pienso tolerar tus majaderías en mi clase.

"Eso ya lo veremos", dijo para sí Pablo.

—Las primeras sumas del nuevo curso están puestas en la pizarra. Así que a trabajar –ordenó don Severo.

Pablo Diablo tuvo una idea.

Le escribió a toda prisa una nota a Renato.

Renato: te apuesto a que consigo que Severino salga de estampía y a grito pelado antes de que acabe el recreo del mediodía.

Pablo: eso no te lo crees ni tú. ¿Me das tu balón de fútbol nuevo si lo consigo?

Vale. Pero si no, tú me tendrás que dar tu moneda de un euro.

Vale.

Pablo Diablo respiró hondo y se puso manos a la obra. Enrolló un trocito de papel, se lo metió en la boca y lo escupió con fuerza. La pelotilla silbó por el aire y le pegó a don Severo en mitad del cogote.

Don Severo giró en redondo.

—¡Tú! –dijo con furia don Severo–. Conque bromitas conmigo, ¿eh?

—¡Yo no he sido! –dijo Pablo–. Ha sido Renato.

—¡Embustero! –dijo don Severo–. Siéntate ahora mismo al final de la clase.

Pablo fue a sentarse junto a Clarisa Monalisa.

—¡Apártate, Pablo! –protestó Clarisa en un susurro–. Estás metiéndote en mi lado de la mesa.

Pablo la empujó con el codo.

—¡Apártate tú! –le susurró Pablo como respuesta.

A continuación, Pablo Diablo se apoderó del lápiz de Clarisa y lo rompió.

—¡Pablo me ha roto mi lápiz! –chilló Clarisa.

Don Severo sentó a Pablo junto a Guillermo el Muermo.

Pablo le pellizcó.

Don Severo sentó a Pablo junto a Arturo Cocoduro.

Pablo se puso a darle sacudidas a la mesa.

Don Severo sentó a Pablo junto a Vanesa la Espesa.

Pablo le llenó de garabatos todo el papel.

Don Severo sentó a Pablo junto a Marga Caralarga.

Y Marga dibujó una raya en medio de la mesa.

—Pablo, como cruces esta línea, estás muerto –dijo Marga en voz muy baja.

Pablo empezó a borrar la raya.

—Quieto, Pablo –ordenó don Severo sin volverse.

Pablo se detuvo.

Don Severo siguió escribiendo.

Pablo le tiró del pelo a Marga.

Don Severo sentó a Pablo junto a Tino el Tocino, el chico más corpulento de la clase.

Tino estaba mordisqueando su lápiz y tratando de sumar 2+2 sin demasiado éxito.

Pablo Diablo invadió con su silla un poquito del espacio que le correspondía a Tino el Tocino.

Tino ni le miró.

Pablo le dio un codazo.

Tino ni le miró.

Pablo le pegó con su regla.

¡PAF!

Cuando Pablo se quiso dar cuenta, se encontró tendido en el suelo mirando al techo. Tino seguía mordisqueando su lápiz.

—¿Qué ha pasado, Tino? –preguntó don Severo.

—Ni idea –dijo Tino el Tocino.

—¡Levántate del suelo, Pablo! –dijo don Severo. Una leve sonrisa se dibujó en los delgados labios del profesor.

—¡Me ha pegado! –dijo Pablo. En su vida le habían dado semejante puñetazo.

—Solo ha sido un accidente –dijo don Severo con cara de satisfacción–. Desde hoy, vas a sentarte junto a Tino.

Se acabó, se dijo Pablo. Esto es la guerra.

—No sé qué es más anodino, si vivir con Tino o llamarse Severino –dijo Pablo Diablo detrás de don Severo.

Don Severo se volvió despacio y se acercó a Pablo. Su mano se había apretado y ahora era un puño cerrado.

—Como veo que se os dan tan bien las rimas –dijo–, vais a escribir todos una poesía. Ahora mismo.

Pablo se derrumbó en su silla y dio un gemido. ¡Una poesía! ¡Puaj! Odiaba las poesías. Con solo oír la palabra poesía, le entraban ya ganas de vomitar.

Pablo Diablo cruzó una mirada con Renato el Mentecato. Renato sonrió de oreja a oreja y, sin hablar, movió la boca como diciéndole '¡un euro!'. Se le estaba acabando el tiempo. A pesar de los esfuerzos de Pablo, don Severo aún no había salido de estampía y a grito pelado. Pablo iba a tener que actuar rápido si quería el dichoso balón de fútbol.

¿Qué espantoso poema podía escribir? Pablo Diablo sonrió. Agarró su lápiz y se puso rápidamente manos a la obra.

—Veamos quién va a ser mi primera víctima... –dijo don Severo recorriendo el aula con la mirada–. ¡Susana! Lee tu poesía.

Susana Tarambana se puso en pie y leyó:

Guau, guau, guau,
miau, miau, miau.
Guau, guau, miau,
miau, miau, guau.
Ni soy un perro ni soy un gato, así que...
¡ZAPE!

—Le faltan rimas –dijo don Severo–. El siguiente... –volvió a recorrer el aula con la mirada–. ¡Hilarión!

Hilarión el Tragón se puso en pie y leyó:

Chocolate, chocolate, los bombones son buenísimos, y las tartas y los bollos también están riquísimos.
Los helados son mis favoritísimos sobre todo si también hay pasteles grandísimos.

—Demasiadas rimas –evaluó don Severo–. El siguiente... –miró ceñudo a la clase entera. Pablo intentó darle la sensación de que no quería que le preguntara.

—¡Pablo! –disparó don Severo–. ¡Lee tu poesía!

Pablo Diablo se puso en pie y leyó:

Los piratas vomitan en el mar tormentoso, y los gigantes potan desde el árbol frondoso.

Pablo miró de reojo a don Severo. Estaba pálido. Pablo continuó su lectura:

Los reyes en el váter arrojan la papilla,
y los perros la sueltan debajo de la silla.

Pablo volvió a mirar de reojo a don Severo. Se había puesto verde. "Va a salir de estampía y a grito pelado de un momento a otro", se dijo Pablo. Siguió leyendo:

A los bebés les gusta vomitar en mi ropa,
pero a veces prefieren devolver en la sopa.

Y siempre acaba oliendo, después
de un viaje en coche, a los restos podridos
de la cena de anoche.

—Basta –dijo don Severo con voz
ahogada.

—Un momento, todavía falta lo mejor
–dijo Pablo Diablo.

—¡He dicho que basta! –dijo don
Severo casi sin aire–. Muy mal.

Hizo una gran marca negra en su libreta.

—¡Yo una vez vomité en el barco!
–gritó Hilarión el Tragón.

—¡Yo vomité en el avión! –gritó
Susana Tarambana.

—¡Yo vomité en el coche! –gritó
David el de Madrid.

—¡He dicho que basta! –ordenó de
nuevo don Severo. Fulminó con la
mirada a Pablo–. ¡Y ahora, todo el
mundo fuera, que es la hora del recreo!

"Demonios", se dijo Pablo. Don
Severo era un profe duro de pelar.

Renato el Mentecato salió a su
encuentro.

—¡Ja, ja, Pablo! –rió Renato–. Has
perdido. Venga un euro.

—No –dijo Pablo–. Hasta que acabe el
recreo de mediodía.

—Hasta entonces no vas a poder
hacerle nada –aseguró Renato.

—¿Que no? –dijo Pablo–. Espera y
verás.

Pablo tuvo inmediatamente una idea
brillante, espectacular, definitiva. El
mejor plan que había concebido jamás.
Algún día, alguien pondría en la fachada
del colegio una placa en memoria del
genio de Pablo Diablo. Se escribirían
canciones sobre él. Incluso era probable
que le condecorasen. Pero lo primero
era lo primero. Para que su plan
funcionara a la perfección, necesitaba a
Roberto.

Roberto, el niño perfecto, estaba
jugando a saltar a la pata coja con sus

amigos Rosendo el Estupendo y
Conrado el Repeinado.

—¡Eh, Roberto! –le llamó Pablo–. ¿Te
gustaría ser miembro de La Mano Negra?

La Mano Negra era el club secreto de
Pablo Diablo. Roberto quería ser
miembro desde hacía siglos, pero,
naturalmente, Pablo nunca lo había
permitido.

Roberto se quedó boquiabierto.

—¿Yo? –preguntó.

—Sí –dijo Pablo–. A condición de que
pases la prueba de ingreso en el club
secreto.

—¿Y qué tengo que hacer? –preguntó
ansioso Roberto.

—Es difícil –dijo Pablo–, y
seguramente demasiado duro para ti.

—Dime, dime –insistió Roberto.

—Todo lo que tienes que hacer es
tumbarte ahí, bajo esa ventana, y
quedarte completamente inmóvil. Sin
moverte hasta que yo te lo diga.

—¿Por qué? –preguntó Roberto.

—Porque esa es la prueba –dijo Pablo.

Roberto, el niño perfecto, caviló un momento.

–¿Vas a tirarme alguna cosa encima?

—No –respondió Pablo.

—Vale –dijo Roberto, y se tumbó dócilmente.

—Y necesito tus zapatos –añadió Pablo.

—¿Para qué? –preguntó Roberto.

Pablo se puso serio.

—¿Quieres pertenecer al club secreto, sí o no? –dijo.

—Sí que quiero –aseguró Roberto.

—Pues dame tus zapatos y no rechistes –dijo Pablo–. Voy a estar observándote. Como vea que te mueves una pizca, no entras en mi club.

Roberto le dio sus zapatos deportivos a Pablo y se quedó quieto como una estatua.

Pablo Diablo se apoderó de los

zapatos y salió disparado escaleras arriba hasta su aula.

Estaba vacía. Bien.

Pablo se dirigió a la ventana y la abrió. Luego se quedó allí, sujetando un zapato de Roberto en cada mano.

Esperó hasta que oyó los pasos de don Severo. Enseguida entró en acción.

—¡Socorro! –gritó Pablo Diablo–. ¡Socorro!

Don Severo entró en el aula. Vio a Pablo y frunció el ceño.

—¿Qué estás haciendo en clase? ¡Fuera de aquí!

—¡Socorro! –gritó Pablo–. No puedo seguir sujetándolo mucho más tiempo... se me escurre... ¡Aaayyy, se ha caído!

Pablo Diablo enseñó los zapatos vacíos.

—Se ha ido –susurró Pablo. Echó un vistazo fugaz por la ventana–. ¡Oooohhh, no me atrevo a mirar!

Don Severo palideció. Corrió a la ventana, miró abajo y vio a Roberto, el

niño perfecto tendido en el suelo, inmóvil y sin zapatos.

—¡Oh, no! –gimió sin aliento don Severo.

—Lo siento –jadeó Pablo–. He intentado sujetarlo, en serio, he...

—¡Socorro! –gritó don Severo. Corrió escaleras abajo–. ¡Policía! ¡Bomberos! ¡Una ambulancia! ¡Socorro! ¡Socorro!

Corrió hacia Roberto y se arrodilló junto a su cuerpo inmóvil.

—¿Me puedo levantar ya, Pablo? –preguntó Roberto, el niño perfecto.

—¿¿Cómo?? –exclamó atónito don Severo–. ¿Qué es lo que has dicho?

La terrible verdad se abrió paso. Le habían tomado el pelo. A él, a don Severo Retortero.

—¡MUCHACHO INFAME! ¡VETE INMEDIATAMENTE A VER AL DIRECTOR! ¡AHORA MISMO! –gritó don Severo.

Roberto, el niño perfecto, se puso en pie de un salto.

—Pero... pero... –balbuceó.

—¡Ahora mismo! –volvió a gritar don Severo–. ¡Habráse visto...! ¡Al despacho del director!

—¡BUUAAAAAA! –berreó Roberto.

Se dirigió cabizbajo y llorando hacia el despacho del director.

Don Severo volvió a correr escaleras arriba para atrapar a Pablo.

—¡Voy a por ti, Pablo! –aulló.

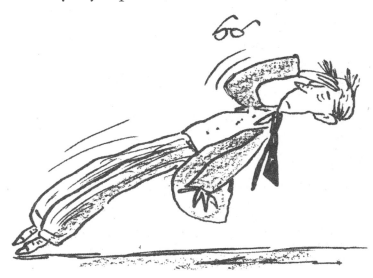

Su cara estaba lívida. Parecía que iba a desmayarse.

—Socorro –musitó don Severo.

Y se desmayó.

¡Plom! ¡Plaf! ¡Pam!

¡NI-NAAA NI-NAAA! ¡NI-NAAA NI-NAAA! ¡NI-NAAA NI-NAAA!

Cuando llegó la ambulancia, la única persona tendida en el suelo era don Severo. Lo pusieron en una camilla y se lo llevaron.

"El final perfecto de un día perfecto", pensó Pablo Diablo mientras daba una buena patada a su balón de fútbol nuevo. Roberto había sido enviado a casa sin piedad. Don Severo ya no volvería... Ni siquiera la noticia de que la temible señorita Agripina Guillotina se haría cargo de su clase le preocupaba. A fin de cuentas, mañana sería otro día.